KB214532

산이 자라다

천년의시 0164

산이 자라다

1판 1쇄 펴낸날 2024년 10월 11일
지은이 송병옥
펴낸이 이재무
기획위원 김춘식, 유성호, 이형권, 임지연, 차성환, 홍용희
책임편집 박예솔
편집디자인 민성돈, 김지웅, 정영아
펴낸곳 (주)천년의시작
등록번호 제301-2012-033호
등록일자 2006년 1월 10일
주소 (03132) 서울시 종로구 삼일대로32길 36 운현신화타워 502호
전화 02-723-8668
팩스 02-723-8630
블로그 blog.naver.com/poemsijak
이메일 poemsijak@hanmail.net

송병옥ⓒ, 2024, printed in Seoul, Korea

ISBN 978-89-6021-783-6
     978-89-6021-105-6 04810(세트)

값 11,000원

산이 자라다

송 병 옥 시 집

천년의
시 작

시인의 말

미래로 향한 그 많던 질문이 잦아들고 있다.
웬만한 지름길을 꿰고 있는 나이 먹은 나귀처럼
거친 기운이 줄어든 만큼 여유로워진 것 같다.
알은체하는 사물들과는 한층 친밀해지고
마음의 눈과 귀는 더 밝아 가는지
일상과 자연현상의 관찰에서
감정의 색감은 풍부하고 의견이 깊어짐을 느낀다

2024년 가을 송병옥

차 례

시인의 말

제1부

제2부

제3부

제1부

첫에 대하여

맨 처음이고 시작이고 출발인

첫 경험 첫걸음 첫차 첫눈

벅차고 들뜨고 벌렁거리는

출발선 달리기 선수의 심장 고동 같은 말

지금 여기도 그 첫에서

첫으로 부터

뻗어 온 줄기 파생된 가지

한 달 보름 된 강아지가

이 층으로 오르는 첫 계단 앞에서

조막만 한 생각을 들먹인다

바들바들 뒷걸음질이더니

당기고 떠미는 응원에

첫 층계 지나

두 층계를 오르자

절벽 같던 계단이 벌러덩 평지로 눕는다

맨 마지막 계단에 선 강아지가

우쭐하여

하늘도 오를 수 있겠다고

자꾸 캥캥거린다

시기가 있다

새벽빛 밀며
삼거리 종묘 가게로 나온
성냥개비 같은 모종들
도톰해져 가는 봄볕 속에서 날마다 두근거렸다

어느 눈길을 당겨
어떤 토양에서 자신을 켜려는지
햇살도 연초록 순으로 흔들렸는데

차츰 뒤로 물러난 고추 모종 두 판
한달음에 달려가 너른 벌판을
붉게 채색하려던 부푼 기대가
맨 뒷줄에서 이울고 있다

칠월 가운데면 생을
뜨겁게 달굴 때라는 의무적 본능이
모종판 비비적거려 급한 대로
무녀리를 조산해 놓았나

잔뜩 꼬부린 채 매달려 있는

큰 그림의 쪼개진 조각들
약 오른 속심이 옮아와서
바라보는 마음마저 맵다

적당한 때를 놓치고
긴긴 해에 초연히 기울고 있는 간절함이
종묘상 앞을 지나는 걸음을 붙든다

평화 공존

참깨밭에 비둘기 웃음이 떼로 뒹군다
깻단에 부리를 처박고
쪼아 먹는 대로 똥을 싸 가며
한탕 봉 잡았다

못 본 척 나눠 먹을까
부처의 마음이 되었다가
하느님 기분 살피면서
무공해 농법 밀고 오느라 흘린 땀이 얼만데
도둑들이 즐기는 잔칫상이 아깝다

쫓겨난 미련들 전깃줄에 나란히 앉아
깃털이나 고르는 척 부리나 맞대 보는 척
잘못을 들켜 놓고 딴전 피우는 아이들 같다

고까짓 것 눈감아 주지
쩨쩨하게 군다고 속닥이며
눈을 흘기려나

따지고 보면

한 철 특식에 눈독을 들인 너희도
성찬을 훼방 놓는 나도
다 먹고 살겠다는 짓인데

그래 진탕 쪼아 먹어라
찔레꽃 핀다고 울어 대 종자 심고
다 여물었다고 밭고랑 넘성거려
깨 벨 때를 콕 짚어 주었으니

초보 농부 수업료는
참깨로 낸 셈 치마

차가 우선이다

굴착기가 몇 번 고함을 지르자
골목길 한쪽이 싹 뭉그러졌다

감색대문집 구봉이네와 홀몸 할머니
폐지를 모으던 김 씨 그리고 선한 이웃들은
된바람에 종잇조각 날리듯 흩어졌다

그만그만한 어깨를 가진 집들과 나이 먹은 담장은
추억을 세다 말고 털썩 주저앉고
동네 전설의 절반을 폐기물 차가 싣고 갔다

남은 사금파리 몇 조각이
정감 어린 골목 이야기를 반사하는 사이에
공영 주차장 공사 중 깃발 펄럭이고
평면 방 한 칸씩 신속하게 태어난다

사람이 먼저라는 말 가뭇없이 지우고
차가 우선이라 쓰고 있다

주위를 기웃거리던 차들
눈총이나 단속에 버젓할 공간 하나씩 꿰차겠다

출근

밤새 풀어 놓았던 신발 끈을 조이는 새들
새로 움튼 시간을 세며
오늘을 시동 건다
출발선을 박차고 핑핑
불끈 주먹 쥔 해 하나씩 품은
벅찬 날갯죽지를 펼쳐라
번득이는 독수리의 눈으로
착륙할 그곳은
땀 향기 스민 날갯짓을 모아
우뚝할 내일을 쌓아 올리는 약속의 성소
문지방을 넘은 용사들
광활한 우주의 모세혈관으로 띈다

뜸이 들어 가는 동안

밥물이 잦아든 뒤 밥알 푹 퍼지게 놓아두듯
무지근한 몸 노긋해지도록 뜸을 들인다

집 안의 먼지가 두꺼워지거나
장 봐 온 채소는 누렇게 떠도 그만
신경통 스멀대는 다리는 의자에 앉혀 놓고
먼 산 느긋이 바라본다

펄떡거리며 끓던 시간을 뭉근히 달이며
덜그럭거리는 기운 가라앉을 때까지
칠팔월 느티나무 그늘에 개 팔자 되어
마음 일어나고 관절이 내켜 할 때까지

오래 충분히 뜸을 들이는
조급한 걸음에서 비켜선 여유
익을 대로 익어서 흐무러질
가을 저녁쯤에서 얻은 평온을 누린다

엉덩이로부터 발가락으로
어깨에서 손끝을 흐르며 마냥

오돌오돌한 긴장을 익혀서 부드러운 이완

뜸이 들어 가는 동안이 다디달다

온정으로 도는 보일러

햇살이 막 핀 슬레이트 지붕 아래
안팎으로 도배된 고요
티브이 볼륨으로 적막을 내쫓던 할머니가
방문 밖 인기척과 도시락 가방 거둬들인다
긴 밤 수탉 울음을 환청으로 들었는데
도시락을 여니 입맛이 살아나
혼잣말 중얼중얼 풀려 나온다
여름내 비가 질금거렸건만
아이들 목청 같은 푸성귀에
반드르르한 밥
얼굴 거뭇할 농부와 어부에게 고생했시다
첫새벽부터 정성을 꾸린 손길들
온기 품고 달려온 봉사자에게
무한히 고맙시다
밥 한술 뜰 때마다 수저에 올라앉는
방그레 웃는 얼굴들
따끈한 숭늉처럼 몸을 덥히는 인정이
슬몃슬몃 온기를 발산하여
할머니 몸속 보일러를 돌린다
집 안의 눈금들이 따뜻한 쪽으로 옮겨 가고 있다

산이 자라다

해맞이하러 읍내 남산을 오른다
나지막하던 산이
오르지 못한 몇 년 사이 몰라보게 자랐다
단숨에 오르던 봉우리를
층계참마다 다리 쉼을 해 가며 거북이걸음으로
헐떡거려 겨우 새해를 맞이한다
동산은 어느 틈에 이렇게 키를 키웠는가
자연의 순리대로 산 또한
시나브로 자랐을 테지
이대로 한 이십 년쯤 자라면
꿈에서나 오를
히말라야산맥의 에베레스트산이 될 것이다

나를 야금야금 빠져나간 푸른 근육들이
산을 키우고 있었다

물음표를 지우다

홀로 설 때가 지났는데 마냥 태평한 고구마 순들

물고 있던 빨대를 잡아채자

어리둥절하여 먹던 젖을 토한다

얼결에 다발로 밭고랑에 내던져진 걱정덩어리들이

두둑 위로 일렬종대 비스듬한 물음표로 꽂혔다

검은 비닐 안에 투명의 심지를 묻고

어미 품이 목말라 입술 부르트던 몇 날

어금니 앙다물고

발끝에 힘을 모아 더듬적더듬적

기어이 마디를 풀어서 가는 실 같은 발부리를 틔운다

>

비탈이든 돌밭이든 달려 나갈 채비를 차린 발들이

녹록하지 않은 세상으로 첫걸음을 내딛는다

걱정과 근심 섞인 물음에 명료하게 답하듯

고랑과 두둑의 경계를 지우며 당차게

푸른 함성 넘실대는 이파리 바다를 펼쳐 나간다

저기 세상으로 이식된 신출내기들이 이룬 짙푸른 바다가
출렁인다

때때로 오류

산세비에리아 식구 늘리기는
웃자란 마디를 잘라
물에 푹 재우는 것이라는데

조급한 눈으로 날마다 살펴본들
꾹 다문 입에 무표정한 얼굴
식음을 전폐하고 번번이 그 타령이다

허기지면 물을 들이켜려나
맨몸을 구석으로 밀어
보름 남짓 잊었으니
말라비틀어지거나 문드러질 시간이다

어머나, 스치는 눈길에 뜨인
연초록 점 하나
볼록 점이 굴렁쇠를 굴리는 대로
점 아래로 다리를 뻗는
명주실 같은 수염뿌리들

필수 조건 갖추기

견디는 시간을 포함해서
자신을 다스리는 일부터가
이 껑충한 식물의 번식법이라니

내색하지 못하고 난임을 견딘
임부가 비로소 몸을 풀고 있다

촛불

형체를 잃어버릴 때까지
걱정을 글썽거린 촛불이
밑동에 다다르자 한층 더 나울거립니다

자신을 살라 자식 앞길에 오로지
어둠 걷어 내는 빛으로
굽이굽이 타오른 당신

무쇠 같은 의지도
꽃 보며 웃고 희아리 보듬어 울다
이리 기울었겠지요

발밑으로 마지막 기도를
뜨겁게 흘려보내면
삼베옷 갈아입고 훌훌
돌아올 차표가 없는 여행을 떠나는지요

닿을 수 없는 강
저편 하늘을 나는 새가 되어도
언저리 맴돌며

엉긴 촛농마저 일으켜
한 줄 빛이었으면 하겠지요

두고 온 손가락들 밟혀서
여전히 반딧불이라도 되길 바라겠지요
어머니

벽화가 눈을 뜨는

산중 절간 같던 동네가 수런거린다
벚나무 가로등은 한번 점화되면
꽃잎 다 떠나보내도록
스위치는 무용지물이다
공놀이하는 아이들 물오른 목소리가
봄을 칠한 개나리 담장을 뛰어넘는데
동문안길 터줏대감 육백 살 느티나무는
온갖 일이 심드렁한지
홀로 겨울 안에 죽치고 있다
지난가을만 해도
텃새들이 동네 소식 물어 오면
손가락이라도 까딱거리더니
이제는 담에 그림자를 붙이고 앉아서
볕이나 쬐는 왕년의 이장님 같다
만사가 느른한 노을 녘에는
잠깐의 토끼잠도 보약 한 첩과 맞먹는데
영영 깊은 잠으로 들까 봐
내려오는 눈꺼풀과 씨름 중인가
미풍이 자꾸 성가시게 하나 보다
느티나무가 잔가지 끝을 꼼지락

벽화 같던 노인도 힘이 도는 고갯짓이고
거슴츠레한 눈마다 봄빛을 켜고 있다

엄지에 사는 나비

어떤 망치는 청동을 두드리고 으깨서
잠든 나비를 불러냈다는데
내 왼 엄지는
샘처럼 솟던 선혈을 다스려
살구색 나비를 돋을새김했다

열 살쯤 섣달그믐께
돼지 삶는 냄새로 안마당 북적일 때
총채 만드는 숙제에
동생을 업고 칼 쥐고 오른 밤나무

돼지를 벤 칼이 흥분을 삭이지 못해
곧은 가지를 내리치려다
곤두박질하여 추락했다

칼이 깊이 후리고 간 엄지 마디에
대칭으로 양각된 날개
지질시대 퇴적암에서 깨어나
어둠을 밀고 막 올라온 말랑한 나비 같아

\>

겨드랑이 쓸리도록 팔을 저어도

박제된 곤충처럼

꽃으로 가는 길을 잃은 눈먼 나비

그렇더라도 날마다 긍정으로 끄덕끄덕

어줍은 날갯짓 멈출 줄 모르는

나의 애틋한 나비

경계선은

고열 속을 들랑거리던

전자레인지용 식기가

외마디 비명을 경계로 갈라졌다

이쪽에서 저쪽으로

쓸모 있다에서 쓸모가 없다로 옮겨 간 그릇이

살다에서 죽다로 넘어간

한 남자를 불러 세운다

미간을 찌푸리거나 목뒤를 주무르며

찜질방 같은 일터를

거적도 없이 드나들던 그 남자

아침이면 바람 소리를 내던 걸음이

나팔꽃 같던 인사가 맥을 놓았다

피로를 덮고 땀을 베고 누운

이웃 남자의 무거운 오후

사람을 긋고 간

명백한 선을 물끄러미 짚어 본다

고주파 속 식기가 뿜어 대던 안개꽃과

남자가 밀어내던 한숨은

무언의 호소이거나

농축된 눈물이거나

타는 속을 내비친 전조였을 것이다
경계선은 분명한
가르거나 나누어 놓는
엄격하나 과정은 아랑곳없이
감쪽같아질 수 없는 금이기도 하다

걸음의 변주

길가 쓰레기 더미를 밝히는 작은 떨림이
가로등 빛보다 환해서
무심한 감성도 그냥 지나지 못하는데
한 발 앞으로 내딛으려
온 힘을 모으는 초침의 행보는
무늬만 걸음새
제 걸음나비를 잃어버린
제자리걸음이다
분침과 시침을 다시 세워 보려는
눈물겨운 초침의 분투가
입안에 침 다 마르는 빈 발짓이
괘종시계 발밑으로 수북하다
오랜 병상의 할아버지 꼼지락거린 발가락도
황소 고삐 죄어 잡고서
자갈밭 갈던 옹골진 시간을
되살리려는 안간힘이었어
누운 걸음을 일으키려 모질음을 쓰는
발가락의 끈덕진 의지가
이승의 시간을 꼭 쥐고 있었던 거야
경쾌했던 걸음을 놓을 수 없는

초침의 필사적인 발짓이

힘차게 발동을 거는 소리로 변주되어

뒤를 따라오고 있다

제2부

냇둑과 감정의 둑

　물을 들이붓듯 한 폭우에 튼실한 냇둑이 터졌다 빗물이 이 골짝 저 골짝에서 흙과 잔돌과 나뭇가지를 휩쓸어 와서 알배기 벼를 키우던 옥토는 박토가 되었다 여름내 폭우의 흔적을 들것에 담아 퍼내고 또 퍼냈다 그해 식구들은 비지땀을 흘렸지만 벼 한 톨 건지지 못했다 논은 평온을 되찾느라 몇 해를 뒤척였다

　미덥던 사람의 말 폭탄도 폭우와 마찬가지였다 터무니없는 말 한마디가 그동안 순하게 넘기고 묵인한 이 말 저 말을 다 데리고 와서 감정의 둑을 단번에 무너뜨렸다 난데없는 폭발탄을 감당하지 못한 속은 진흙탕이 되었다 이겨진 흙을 퍼내도 자꾸 고이는 흙탕물에 속이 거북하다 언제쯤 말끔하게 헹궈지려는지

가득 차다

등산길 배낭에 든 반병의 물이 꿀렁거린다

높고 낮은 오르막이 반복되는 산세 따라
물의 숨도 가쁘다가 웬만하고

일행의 배려로 물병을 가득 채우고 다시
마을이 소인국으로 보이도록
산은 더욱 울룩불룩하다가 허리를 곧추세우는데
등은 고요하다

동전이 돼지 저금통 목까지 차면
뒤흔들어도 옴치고 뛰지 못하듯
물이 병의 마개 밑까지 가득해
텅 빈 듯 잠잠했을 테지

아버지 병중 수위도 한도에 이른 걸까

여러 해 병마의 너울 속에서
통증에 비탈을 오르락내리락
뒤척이던 몸인데

며칠 전부터 베갯머리에
숨소리만 희미하다

모닥불을 피우다가

가지치기하거나 솎아베기한 나무를 모아
모닥불을 피운다

일어날 듯 피어날 듯 주저앉는 불씨
고뇌 같은 연기 무럭무럭 치민다

자욱하게 뒤끓는 컬컬한 맛에
아릿한 시야, 쿨룩대는 목구멍
부지깽이로 들쑤시고 입김을 내뿜고
빗자루 바람을 일으키고 불쏘시개를 주고

갖은 수고를 거친 뒤에야
뭉친 힘 풀썩 일어나면서
활활 불이 꽃을 피운다

불이 춤을 춘다, 클라이맥스
뜨겁던 날의 열정처럼
기운차게 타오르는 불꽃

품은 씨앗을 꽃으로 일으키기까지

거저 이루어지는 성취가 있을까
애써서 피우지 못할 꽃은 있을까

알고 보면 약골

종일 사무실 안팎을 서성이며
머리를 후끈 덥히고 웃음을 시샘하는
극성스러운 기운들
적어도 내일 출근까지는 방해받지 않게
그들을 캐비닛 깊숙이
가둬 두고 퇴근한다
어마, 먼저 집으로 와 기다리네
제 버릇 어디 가나
밥상머리에 앉아
어깨를 누르고 하품을 퍼 나르며
끊임없이 저항력을 시험한다
어느 누가
이런 무리가 일상에 적절히 관여하면
적당한 긴장을 불러와서
집중력을 높여 준다고 했나
심신의 고갱이를 좀먹는 해충 같은
공공의 적을
벌떡 불편한 휴식을 걷어차고
그들의 천적이 있는 헬스클럽으로 간다
운동기구와 땀으로 펼친 합동작전에

뻗대지도 못하고 죽은 스트레스가
한 매트다

허세들이 키우는 산

명절 앞에 싱싱한 바다 한 상자가 택배로 왔다

투명 접착테이프 떼고 종이 상자
맞춤으로 들어앉는 스티로폼 박스와
물빛 보자기와 플라스틱 바구니 안에
얼음주머니 집어내고
입 다문 비닐봉지 열고 마침내
고래를 묶어도 될
비닐 밧줄에 엮인
어중간한 굴비 다섯과 상봉한다

알맹이를 만나기 위해
풀고 뜯고 벗긴 겹겹의 번거로움은
기대보다 걱정을 몰고 와서

은혜로운 마음 위로
굴비 치장에 쓰인 말짱 헛것들이
쓰레기 산 키우기를 거든다는 생각이
층층이 올라앉아

>

인간이 역사상 가장 치명적인 동물이라는 말

입안에 쓴 침으로 고인다

강화도령 첫사랑 길

원범과 봉이 설레는 걸음 따라
부엉이와 소슬바람도
덩달아 들뜨던 길

청하동 약수터에서 맺은 인연이
용흥궁*과 찬우물 오가며
강화산성 돌 틈에 제비꽃으로 피고
달빛을 밤새 남장대**에 묶어 두었다지

귀양살이 떠꺼머리총각이 임금이 되는
검푸른 소용돌이 속에서
둘의 연정은 하늘과 땅으로 나뉘어
시대의 물살에 휩쓸리고

애간장 태우다 저문 사랑
문득문득 안타까워서
잡풀과 텃새와 나무들도 오래
꽃과 노래와 단풍으로 위로하며
애달피 흘러온 길

>
원범과 봉이를 불러내
애틋한 첫사랑 이야기 들으며
도란도란 걷는
강화 나들길 14코스

* 용흥궁: 강화군 강화읍에 있는 조선 후기 철종(원범)이 왕위에 오르기 전 19세까지 살던 집.

** 남장대: 강화읍 남산에 있는 장대. 전시에 군사 지휘소로 평시에 성의 관리와 행정 기능을 수행하던 곳.

비로소 봄

은밀히 녹슨 문빗장을
달그락거리는 방문자
그대 누구세요
응달진 산모롱이 돌아
연두 물감 쓱쓱 칠하고
새들을 공중으로
종이비행기 날리듯 쏘아 올리며
후줄근한 어깨에 볼륨을 넣어 주는 그대
묵은 줄기에도 봄물이 돌면
기대가 트고 봉오리가 선다고
바람을 넣네요
육십 몇 번을 만나고도
본숭만숭 보냈는데 비로소
바짝 들이민 얼굴이 제대로 보여요
보각보각 진달래술이 괴듯
마른 감수성이 발효되는 소리
이왕 마음을 당기려거든
묵정밭도 번듯한 꽃밭이게
해맑간 봄빛이게
마른 이랑마다 물길을 대 주어요
묵묵하던 날 유쾌해지도록

사월

봄바람이 궁금해서 둑길에 어린 쑥이
맨 먼저 고개를 쏙 내밀었네요
쑥버무리로 한 시루 쪄서
떡 방앗간 나와 봄볕 속을 달려
집에 오는 길이 오다 서다 분주했지요
밭 가는 지인과 단골 자전거포와
모종 가게엔 두 덩이씩 건네고
동네에 와서는 아래윗집과 홀로 할머니
그리고 노인정에는 수북하게 한 쟁반
봄맛 전하고 받은 정담을
봄볕과 버무려 시루에 안치면
봄 버무리떡 서너 시루는 될 것 같아요
남은 떡 몇 덩이 앞에 놓고
바라만 보아도 마음 그득한
이 화창한 봄날의 포만감

가시 제거 연구소에 관한 생각들

가시 없애는 일에 전념해
가시만을 조사하고 탐구한다고
고등어 몸속 침이란 침은 모조리 골라내
성깔 부릴 근원을 없앴다고
버젓이 붙여 놓은 상표

가시를 발라 먹는 수고는 성가셔
시간 소모라는 의견 반짝 꿰뚫어
밥상 위 젓가락질에도 편리가 미치도록
순살만 골라 담았다고
낙관을 찍듯이 발신 '가시 제거 연구소'

왜,
빳빳한 기력과 고집이 빠져나간 노인이
상징을 훑어 낸 장미 꽃대의 밋밋함이
줏대를 잃고 주저앉으려는 집이
이런 생각들이 포개지는지

인이 박인 고등어구이 제맛은 이런 거라고
불 위에서 살과 뼈가 자글자글 어우러지는

비린내로 후각부터 일으키고
등 푸른 파도 속
날 선 무장 사이
짭조름한 바다를 한 점씩 음미하는 맛

구미가 날 새 없이 냉큼
식은 빈대떡처럼 집어 먹는
모양이나 고등어구이는
그저 익은 음식일 뿐이라고

그 여름날의 흑백 영상

바람마저 그늘로 숨으면
등에 발긋발긋이 뭇별이 돋아
풀 지게 내려놓자마자
두레박 목물을 재촉하는 아버지

짚가리 위 벌렁 누운 조롱박이나
물꼬로 나앉은 개구리는
한낮이 마냥 졸음 겹고
새벽부터 일한 늙은 소는 한잠 자 둬야지

소나기 퍼붓듯 매미 합창에
열대야는 뭉그적거리고
방학은 달음박질치고

노을 조명이 마당귀 비추면
밀거적에 차려지는 어머니 밥상
시쿰한 열무김치와 강된장 호박잎쌈에
하루살이 날갯짓 까뭇까뭇 튄 꽁보리밥도 성찬

땡볕에 그은 얼굴들

웃음기 잇대고 둘러앉아

평온한 저녁 어스름 속으로 스며들지

내가 세상에 온 이유

우리가 세상에 온 이유가
행복하기 위한
행복해야만 되는
단 하나의 의무뿐이라는 헤르만 헤세
우주를 떠돌다 불시착한
별난 씨앗에서 움텄거나
야릇한 고치를 열고 나온 곤충이거나
아무튼 어떤 경로든 외톨이로
이 행성에 안착했다면
그의 말에 순순히 동의할 수 있겠다
하지만 나, 세상으로 나오기 이전
먼먼 창세기로부터 시작된
굵기와 강도와 길이를 가늠할 수 없는
혈연이라는 줄의 한 올이다
그러므로 속해 있는 줄이 엉키거나 끊어질세라
흔들리면 꼭 움켜쥐고
풀리려 하면 팽팽하게 감아올리며
그 줄의 평안이 곧
올의 행복이라 여긴다
내가 세상에 온 까닭은

천체를 통틀어 가장 귀하고 끈끈한
혈연으로 짜인 줄을
소중히 여기며
더불어 안녕을 가꾸기 위함이라고

우리들의 예스맨

벗꽃 흩날리는 봄밤에 할머니는
긴긴 종종걸음을 도르르 말고
똑딱단추를 잠그듯 이승을 닫으셨다

모성과 모성을 더해서
몇 제곱 해도 모자랄 무한대 사랑
그래그래 그렇고말고
무조건 역성들어 주던 우리 편

토닥이고 추어 주며
응석받이들을 애지중지했는데

붙박이로 영원할 것 같던 배경이
무한정 누린 정신적 향유가
서녘으로 스러진 뒤에야
우두커니 먼 하늘 바라보다 마주한
도무지 염치없는 빚쟁이들

한층 깊이 파고드는 아릿함은
움푹 파인 공허감 후딱 메우고

아무렇지 않게 그 위에 길을 내고
천연스레 이어 가는 일상이다

산다는 것은 이렇게 다 망각이었나

봄볕 같았던 시간을 더듬는데
낡은 반짇고리 안에 골무가 얼굴을 치켜든다
화로에 재를 인두로 걷으면
반짝 빛을 내던 불씨처럼

예스맨 할머니
바느질하던 모습이 얼비치고
그리움은 방울져 떨어진다

내 인정미의 한계선

퇴근한 공사 트럭
피곤했던 일과를 끄자
희미한 울음이 볼록거렸다
보이지 않는 불안에 차 안 공기는 급랭하고
숨 가쁘게 동물 구조회와
소관 업무의 경계를 가리는 사이
평화롭던 저녁은 어둠으로 조여 오고
동네 차량 정비소가 십 리 길보다 멀다
퇴근을 멀찍이 미룬 정비사들
보물찾기하듯 속속들이 들추고 뒤져서
가까스로 애절한 울음을 찾아냈다
미로에서 나와 눈이 꼬마전구만 한 고양이가
잡아당긴 듯 쪼르르 미끄러져 와
생면부지 내 앞섶을 파고든다
엔진 여열을 주인의 온기로 알았다고
가르랑가르랑 꾹꾹이로 변명이다
거두어 달라는 눈빛이 뜨겁지만
무작정 한 생을 품을 수 있나
준비 없는 동행은
고장 난 문처럼 삐걱거리고

그리움이라는 못은 박혀 있는 곳을 떠나면
더 깊이 파고들 텐데
안되었지만 구출 비용 그리고
오늘 밤 현관 내주기 이상은 모르겠어
가자, 날 밝는 대로
너의 이력을 꿰고 있는 그곳으로
주인을 기다리던 황산도 갯가로

시간 끝에 매달린 그림들

서랍 속에 넣어 둔
오래된 그림을 펼쳐 보고 싶은 날
과수원길 노래 사탕처럼 굴리며
할아버지 원두막이 있던 산밭으로 간다

알록달록한 기억들 총출동하는데
마중 나오던 단내 대신
사방으로 영토를 넓힌 개망초와 등등한 자리공
풀들이 농심을 이기고 천국을 세웠다

구름을 만져 보고 한 점 베어 물고
산들바람 팔을 벤 선잠도
농익은 참외만큼 달금했는데

고라니가 풀숲을 겅중거리자
선명했던 그림들이 흔들린다
원두막과 아가씨들 지절거림과
장죽을 문 할아버지 미소도 흔들흔들

이마저 곧

문명의 비질에 쓸릴 예정이라고
개발이라는 썰물에 가뭇없이
떠밀려 사라진다고
어치 울음 요란하다

실향민

기름진 터전에서 천명을 누리던 냉이 일가가
제초제 살포 소문에
바람의 꼬리에 매달려
뒷동산 봉우리로 피신했다
강추위보다 강력한
식물계의 소리 없는 원자폭탄 앞에
목숨을 걸었던 종자들
떠나온 산 아랫동네 텃밭과 둔덕진 곳
대대로 살아온 집성촌은 지금
푸른 계절의 문밖에서 건초로 널브러져 있다
흩어진 형제와 일가붙이
이웃하던 광대나물과 황새냉이
생사를 수소문할 새 없이
젖은 마음 양지에 내다 걸고
몸 낮추는 대신 빳빳하게 살아가기
기어이 돌아갈 결심
힘주어 눌러놓는다
갈수록 깊어지는 실향의 한
증발하지 못한 시린 눈물이
짜디짠 꽃으로 피었나

동산 머리에

소금을 가마니째 쏟아 놓은 듯

냉이, 냉이꽃

지천으로 서럽다

제3부

오월의 신부야

방금 꽃잎을 펼친 수선화같이
발랄하고 싱그러운 새색시야

네가 우리 안으로 들어온 날부터
울안에 꽃들이 다투어 피고
집은 통째로 들떠 있단다

펼치는 마음 갈피마다 고운 새아가
앞뜰 뒤뜰에도 널 닮은 꽃을 심고 싶구나
우리가 된 너와 나 더불어
날마다 아늑한 평화가 샘솟는
정원으로 가꾸어 가자

햇빛 부신 날에는 접시꽃처럼
햇볕에 나앉아 마주 보며 웃고
바람 부는 날에는 덩굴장미같이
두 손 꼭 잡고 등 다독이며
서로에게 마르지 않는 향기가 되자꾸나

어떤 민원

아 아 마을에서 알립니다
엊저녁 소가 울어서 잠을 못 잔다는
민원이 들어왔는데요
그거 곧 해결됩니다
조금만 참으세요
마을 방송이 들어가자
어미 소 울음이 다시 비어져 나와
밭을 가는 경운기 안장에 올라앉고
거미줄에 걸린 이슬은 잘랑
아침을 열던 해가 주춤한다
자식 찾는 어미 소의
저 목쉰 간절함이
어젯밤 동네 잠들을 외양간으로 몰고 가기는 했다
그렇다고 타는 속 길어 내는
저 두레박질 소리가
여물을 끊고 되새김질을 버린 어미의 절규가
민원거리이고 민원 대상이라니
실컷 불어서 닿기만 해도 뿜어져 나오는
젖퉁이 굽어보며
핏발 선 눈에 애가 차면 끔뻑 퍼내고

또 그렁그렁 고이고
울음밖에 무엇을 어찌할 수 있다고
비상 출구까지 닫아걸라는 요구였나
어미인데
짐승이기에 앞서
자식 잃은 어떤 어미가
터진 가슴을 그리 쉽게 봉합할 수 있다고

느티나무의 부활

헤비급 태풍에
연미정*을 호위하던
오백 살 느티나무가 넘어갔다

강화 역사의 산증인 하나
밤사이 꺾였다고
애도의 말과 발길은 이어지고
발아래 염하와 한강 물도 여러 날을 뒤척였다

숱한 사연 오롯이 빛바래 가고
강바람은 월곶돈대 허리 위로 치불고
정자도 느티나무의 혼을 달래 주는데

군민들이라고 나무가 나이테에 박음질해 놓은
연미정 이야기를
헛되이 풍장시킬 수 있었겠나
솜씨 좋은 한 소목장이
강화도 천지간 만물의 바람을 받들어
새 생명을 불어넣어서

>
아픈 잠 속 느티나무가
강화 반닫이**로 되살아났다

부활한 두 개의 강화 반닫이가
강화역사박물관에서 소창체험관에서
연미정 내력을 들려주면서
느티나무의 얼을 이어 나갈 것이다

* 연미정: 강화군 강화읍 월곳리에 있는 정자. 인천광역시 유형문화재
  24호.

** 강화 반닫이: 강화 지역에서 제작된 반닫이로 구조가 특이하고 정교
  하여 우리나라 반닫이 가운데 가장 화려함.

개곡리 뒷골

포성과 대남 방송 수시로 날아들어
햇살을 막아서고 잠을 흔들어도
인삼 씨앗은 산딸기처럼 톡톡 붉고
앞개울엔 아이들이 송사리 떼같이 명랑했지

산 병풍을 두른
왕방울째 건너 뒷골마을
밭을 가는 아버지 소 모는 소리와
딱따구리 부리질 소리가
메아리를 일으키던 거기

지금쯤 콩 튀는 소리에 놀라
누렇게 여문 메뚜기가
범이 들로 개리 벌판으로
제 몸빛을 퍼뜨리고 다니겠지요

해 질 무렵이면 우리를 불러들이던
학교 종소리 같던 어머니 목소리가
명자네 마당으로 냅다 뛰어왔죠

>
언 손 내밀면 언제라도
청솔가지 때서 덥힌 아랫목으로
토렴한 국밥으로 다가오는 쉼터

두 팔 벌려 반겨 줄 내 고향
한 걸음만 다가서도 콧마루가 시큰하네요

끝 숨의 모습

배불뚝이 삼치를 손질한다
알배기일 것이라는 예상은 빗나가
식도에서 위장으로 멸치가 빽빽하다

먹이를 문 채 놓아 버린
삼치의 끝 숨 위로
병실의 할머니 마지막 숨이 와서 얹힌다

아프다고 죽겠다고 오만상을 짓던 할머니는
입 숨 불안한 여윈 잠결에도
무씨 심고 고추 따고
맨 할 일이었다

밥심 내서 집에 간다고
물김치 청포묵 욱여넣더니
입 다물 새 없이 그 밤으로
줄기차게 논밭을 헤엄치던
지느러미질을 멈추었다

한 치 앞이 안갯속인데

먹는다는 것은 무엇인지
생각을 모으는 끝 숨의 모습들
저녁을 짓다가 잠시 쓸쓸해진다

아직은 섬

폭우에 불어난 흙탕물이
그녀를 훑고 갔다는 소문이 자자했다
한참 뒤 안부나 묻는 내가
끊어진 다리 같거나
저만치 펼쳐진 모래톱 같았을 텐데
지난 일은 지난 대로
손 내민 우정을
교동대교 건너서 교동도로 안내한다
고구저수지, 대룡시장, 화개정원은
새로 놓인 다리를 백그라운드로
원래부터 뭍이었던 듯이 번듯한데
그녀도 자신을 받쳐 줄
작으나마 배경이 필요하겠거니
징검다리를 놓아 본다
건너올 듯 말 듯 그 자리
센 물발의 후유증이려나
다리를 바라만 보는 것은
냉한 손에 깍지를 끼고
온기부터 한 마디씩 건네 본다

나이 들어 간다는 것은

앞산 공동묘지에
유령이 밤낮으로 들끓는다는 소문은
곧이곧대로 섬뜩해서
싱아 꺾으러 가면 얼씬 못 했는데

배짱 두둑해지는 중년
그렇더라도 꺼림칙한 선입관에
경사진 묘지를 돌아서
뱀을 본 듯 빠져나오더니

지금 까마귀 깍깍거리는 봉분 앞에
홀로 퍼더버리고 앉아
도라지차를 음미하며
할미꽃 솜털을 쓰다듬고 있다

파산

거푸집 같은 노구를
단체 대화방 가운데 앉혀 놓고
명분을 내건 선수들이
부양을 탁구공 되받아치듯 했다

일상생활 능력 불능이라는 요양 등급이
시설 입소 조건에 들어맞는
마땅한 증표로 읽히고
핑계 삼을 밑천이 되어

자식들 입장과 변명을 꾹꾹 눌러 담은
손가방 꼭 안은 어머니가
길이 든 방 문고리를 놓았다

시부모 봉양 육십 년에
진액은 자식 농사에 쏟아붓고
가슴팍 앙상한데
끝내 모르쇠를 잡은 채무자들

돌봄을 쫄딱 부도 맞은 어머니

본전에 십분의 일도 건지지 못하고 파산했다

폐차장 같은 요양원 등지고
걸음은 천 근인데
머리 허연 어머니 나이가
내 나이를 가리키며 깔깔거린다

까비의 생각

되는 대로 들판을 헤맨 까만 털 뭉치 하나
울긋불긋 비루해 가는 생각까지
쏘다닌 거리만큼 겉과 속이 뒤엉켰다

견주는 자유를 준 것이라고
말 같지 않은 말로 위안했을 테지
이동에 제한이 없으면 전부
자유라고 말할 수 있을까
그것은 작정한 방치
분명한 미필적 고의다

목줄에서 놓여난 잠시의 자유
바로 떠돌이 신세
방황의 종착역은
쓰레기 수집장 같은 유기 동물 보호소

운 좋게 용도 폐기 직전에 가까스로 재생되기도 해서

견생 이 막의 주연으로
헝클어진 시간을 잘라내고

까비라는 새 이름표를 달고
충충한 기억의 문간으로 환한 볕을 들인다

충심도 주인의 그늘로부터
발휘되고 인정되는 것이라고
적당한 구속도
자유의 한 방편이라 생각하는 것이다

분오리돈대*에서

이 소규모 군사기지는 지금 긴 휴식 중이다

적을 살피던 파수병의
두 눈 부릅뜬 긴장은
수평선 너머로 썰물 진 지 오래

돌을 나르던 이름 모를 승군의 거친 숨이나
석수 대장장이들 손놀림도
여장 아래서 돌 틈에서
시간의 이끼를 두르고
마냥 느슨하게 흐른다

세상 소식 들으려고 돈대는
문이란 문은 다 열어 놓고
동막해변과 분오리항에서 넘치는
들뜬 휴식을 불러들이고 있다

이곳을 전망대나 풍경으로 보는 이들은
판소리나 춤이 어울릴 공연장 같다고
하늘로 통할 공간 같다고

두 팔을 치켜드는데

돈대는 들숨 날숨 깊은 사람들에게
갑옷은 노을 밭에 벗어 던지고
옛 보초병 불러다
탁주 사발이나 기울여 보라고 한다

* 분오리돈대: 조선 숙종 때 강화도에 축조한 54돈대 중의 하나. 외적의
침입이나 척후 활동을 사전에 방어하고 관찰할 목적으로 남쪽 해안 중
앙에 설치한 소규모 군사기지.

한밤의 이사

노곤한 가로등 아래로
부리나케 오가는 고양이 걸음들
불안이 가득 실린 트럭을
한 무더기 별빛이 날쌔게 끌어당긴다

세상을 사뭇 얕보다가 허리를 베었을까
느닷없는 폭풍우에 휘말렸나
도무지 실마리를 찾을 수 없어
도마뱀처럼 꼬리를 끊고
어둠을 빠져나가려나 보다

허둥지둥 남은 별빛 몇 조각을 꾸려 싣고
햇볕 또렷한 어딘가에 새 뿌리를 내리려고
새살을 밀어 올리려고
길 떠나네
새 길을 내고 있네

뒤숭숭한 마음들 싣고 덜커덩
트럭이 닿을 그곳에
봄이 먼저 가서 맞아 주었으면

어둠의 본질

건물 옥상에서 우연히
앞산을 내려오고 있는 그를 보았다
날개를 치거나 봉오리로 부풀던
혹은 아쉽거나 낙심했던 하루를 여미며 모두
쉼으로 드는 시간
땅거미가 내리기 시작하자
그는 날개를 활짝 펼쳐 만물을 품으로 끌어당기며
마을로 천천히 내려서고 있었다
검불 하나에 이르도록 차례로
오늘의 수고에 귀 기울여
피로를 털어 주고
위로를 건네며
지붕 위로 논밭을 지나 쓰레기 더미로
걸음을 옮기는 것이었다
새벽이 오도록 그는
천지 만물을 품에 안고 토닥거리다가
동틀 무렵이면
꼿꼿해진 등허리들을
붉은 해 솟아오르는 쪽으로
힘껏 밀어 보낼 것이다

한 송이 꽃이 한 알의 붉은 사과이기까지

교동 달우물 과수원에서
날마다 열리는 사열식
사과나무는 허리 굽힌 채 농부에게 절하고
농부는 나무들 올려다보며 거수경례를 한다

꽃이 과실로 나기는
천하제일의 예술가가
평생을 고심해도
모양이나 판박이로 빚고 그릴 터

사과나무 가지 위에 올라앉은
한 송이 여린 꽃이
한 알의 붉은 사과이기까지

벌 나비 춤사위와
해의 빛 푸새, 별의 자장가
젖줄 물려 준 이따금 단비
볼 붉힌 매미의 연가, 귀뚜라미의 비가
길이 닳도록 오고 간 농부의 마음 길
자취 없이 다녀간 사명들까지

\>

한 알 한 알의 저 붉은 사과는
자연과 농부의 열연에
심오한 천지의 섭리를 더한
종합예술 작품이다

여섯 개의 발부리

매끈한 몸매들 사이에
다리를 뻗다 만
앉은뱅이 당근 하나

깔고 앉은 돌에 발끝이 막혀
조급하게 돌파구를 찾던 날들
희망을 걸었던 여섯 번의 시도가
짤막짤막하게 흔적으로 남아 있다

두드리고 밀어 보고 안달을 냈지만
내내 답을 찾을 수 없어
궁리를 짜내다 지쳐 간 여름

보폭 넓은 걸음들 틈에서
간절함은 말라 가고
계절은 도망치고
외로이 목이 메었을
작은 몸의 고군분투가 한눈에 읽혀

눈곱만한 씨앗이 품었던

억척 본능이

멈춤 없는 의지가

걸핏하면 운명 탓이나 하는 무딘 발들을

빤히 비추고 있다

이나마 고향집

망초가 지붕을 넘보는 사이
적막은 대들보 허한 살을 헤집고
빈약한 햇살 한 줌이 걸터앉았는데
대청마루는 아야 소리를 낸다

볏짚이나 솔가리를 먹던 아궁이는
끄느름한 불기라도 고파 하다가
구들이 방고래로 철렁 내려앉자
가슴을 쓸어내리고

봉선화 흐드러진 뒤란 장독대에서
장을 뜨던 어머니가
미끄러지듯 흘러내린 돌담 사이로 어른거린다

업히고 뒤집혀서 뒹굴던 댓돌 위 신발들은
무엇에 이끌리어
어디로 향했는지
돌아와 함께 해진 시간을 기워 볼 날은 오려는지

문풍지가 바르르

속이 허하니 바람이 소곤대는 소리에도
이렇게 놀란다고 푸념인데

행여 인기척인가
참죽 나뭇잎 한 장 날리자
삭은 대문이
신작로 향해 귀를 세운다

제4부

바람보다 가벼워서

빈 깡통들이 골목을 구르고 있다
제동이 걸리지 않아서
균형을 잃고
지그재그로 떨렁떨렁
바람은 볼만하다는 듯 더 멀리 걷어찬다
점점 찌그러지고 가벼워지는데
이골이 난 듯 될 대로 되라는 듯
무신경한 꼭두각시들
바람의 놀이는 자정을 향하고 있다
버팀대나 뒷배가 있어
얼마간의 중량감을 가진다면
남의 장단에 춤을 추며 떠돌지 않으련만
어디에서 어떻게 시작되었는지 모를
여관에 주소를 둔 허한 몸뚱이들
오늘도 가벼운 일당을 쥐고
순댓국 골목을 구르고 구른다
의지가지없이
브레이크 한번 걸지 못하고

고려산이 두드러지면

밋밋하던 산색이 분홍빛으로 두드러지면
진달래와 상춘객들 마주 보고 달뜨는데
실향민은 지그시 눈 감고 고향을 그렸지

꽃 한 줌 그리움 한 줌
꽃 한 줌 망향가 한 줌 넣어서
진달래 화전을 부쳐도 보았지

통일되면 개성 땅을 일등으로 밟는다고
혈혈단신 피난 봇짐을 임진강 근처
지척에 풀었다는데

올해도 고려산은 향수를 불러내듯 진달래
송악산 자락으로 그리움이 번지듯 진달래
애달픈 마음을 불쏘시개로 활활 타오르는데
꽃향기는 남풍 북풍 해종일 불어도
좁은 강 하나를 건너지 못하고

고모부는 북쪽으로 머리를 두고 운명했다는데
저승길에는 그곳에 가 보았을까

>
진달래꽃이 만개하면
향수병이 도져서
가슴앓이가 심해진다던
실향민의 슬픈 눈이 선하네

빈손

백여 년을 움켜쥐었던 할머니 손을 펴니
흐릿한 손금만 한 줌이다

가난을 깁고 누비고
키질하다 흘린 싸라기 한 알이 금쪽같아
당신 입에 넣는 음식마저 발발 떨더니

자물쇠 채운 반닫이 안에는
바람 한번 쐬지 못한 진솔 한복과
금도금한 철 가락지와
쥐가 오줌으로 그린 추상화 비단이 몇 필이다

전쟁 뒤 산에서 주워 왔다는
탄알 통 속에 든 지폐는
빛이 고파서 누르뎅뎅한데
다랑논 몇 배미는 사고도 남았을 돈이라는데

할머니는 다만
윤달에 지어 둔 베옷 한 벌의 주인이다

\>

물배를 채웠다던 강점기의 허기와

전쟁 통에 긁던 뒤주 바닥이 겹나

밥이 될 만하면 꾸역꾸역 쟁였을까

보물처럼 간직해 온 빈곤했던 시절의 위안들

잔걸음 치던 앞뜰에서 연기로 피어올라

바람으로 흩어진다

유쾌한 시위대

덤불에 띄엄띄엄 핀 여름 구절초는
개망초나 쑥부쟁이쯤
손 흔들면 무심결에 눈을 주었지

흩어져 안부가 멀었던 하얀빛들
무슨 신호가 있어 구름처럼
카페 너른 마당으로 운집했나

월동한 용사와 새순의 총출동
풀빛 스카프로 떠받친 백옥 같은 얼굴들이
일제히 흰 깃발이 되어
소리 없는 환성을 지른다

순해 보이나 이기지 못할 것 같은
기쁨을 주체 못 하고 쏟아져 나온
즐거운 시위대 같아

무리에 섞여 두 팔을 치켜들면
상념들 순식간 하얗게 탈색되어
한 물결로 출렁

누구든 한 송이 여름 구절초꽃이 된다

유쾌한 시위대 소문은
눈에서 감성으로 손끝에서 사방으로
우르르 퍼져 나가

강화도 흥왕리 한 카페는
진부한 커피보다
흰빛 사태를 낸 여름 구절초꽃 맛

순수한 눈맛이 감미롭다고 모두
감탄사를 연발하는 통에
종일 동막해변까지 시끌벅적하다

강화 여자, 강남 여자를 놓아주다

봉사회 강화 여자들 농수산물 팔러 강남에 입성한다
키꺽다리 건물들 촘촘한 몸통 사이로
조각난 하늘
답답증은 굵은 팔뚝으로 눌러 놓고
촌티 내지 말고 기죽지도 마
안녕 하시꺄
어서 오시겨
차진 강화 말투를 깃발로 세운다
논밭 두렁에 방치한 애교도 불러다 상냥하게
부티 나는 뾰족 구두코 당겨야지
속 노랑 고구마나 사자발 약쑥
새우젓 잡곡 소포장쯤
불티가 날 거라 장담했는데
값이나 보고 간이나 보고 들었다 놓았다
순무 김치 통을 저울에 올려 보는
낯선 셈법에서
정확하게 돌아가는 이 거대한 숲의
빠듯한 질서를 본다
헐렁하던 스웨터 목이 갑갑해 온다
이곳에선 날마다 새로운 문명을 마음껏 누리겠지

세련되고 당당하고
남풍 부는 날이면 동경하던
강남의 그 여자 손을
슬며시 놓고 싶어진다
꽃무늬 몸뻬에 농사 방석 뒤룽거리며
손톱 밑이 까매도
텃새들이 햇살을 물어다 둥지를 짓는 언덕 아래
강화 여자 곳간에는 여유가 열 섬은 되고
뜰엔 햇빛과 푸른 바람이 화수분이여
어서 와 보시겨

오월의 기억은 너울을 쓰고

꽃바람 간들거리는 뒷동산을
싱아 꺾고 아카시아꽃 따러 쏘다녔지

송홧가루 춤추는 언덕에 서서
오리나무 틀어 피리를 불면
누구라도 봄 교향악단의 관악기 연주자

봇둑 수문이 열리면
붕어와 메기들 수로로 쏟아지고
바탕을 골라서 한 해를 모내기하던 아버지와
막걸리 주전자 들고 미끌미끌
논두렁 곡예 펼치던 아이도 논길 따라 흘렀는데

야산을 들어다 뜸부기 울음을 덮은 위로
칸칸이 젖소들 입주하고
졸참나무 숲을 먹어 치우며 덩치를 불리는 공장들
아카시아꽃이 눈 날리듯 하던 산기슭엔
개 화장장이 성업 중이다

어김없이 실개울가 수양버들은

그리움을 길게 드리우고 치렁거리는데
오월은 두툼한 너울을 쓰고 무심히 지나고
들뜨던 숨결들 어디쯤을 흐르고 있을까

가로등의 두 얼굴

키다리 보초 눈빛 뚱그런 반경 내
어둠이 어둠을 껴입어도
말뚝잠이나 겉잠조차 머물지 못하고 뜬눈
전봇대 주변은 밤낮이 환하다

잠을 손바닥 밑으로 넣어 보고
까치발을 딛고 불빛 후려치려다
나른히 지쳐서
허우대만 멀쑥한 들깨

갓 쓰고 내려보는 빛의 감시에
범위 안에 든 눈꺼풀들은 치켜들려
밤샘한 오늘도
시든 눈으로 희끄무레한 낮달을 본다

꽃 피울 사명을 허탕 치고
키만 장대 같고 농사는 모조리 쭉정이
밤에 이루어진다는 역사는
한 줄도 쓰지 못했는데
한로라고 찬 이슬 맺힌다

\>

밤길 마을 안전 지킴이가
주변의 잠을 침해하는 빛 공해
안심과 불안 두 얼굴을 하고 있다

청미래덩굴

봄빛을 만나기 전부터 동경한 곳
거기에 닿으려는 일념으로 줄기차게
바람을 밀어 올리는 푸른 걸음

휘청거리는 버팀대는 움켜잡고
의지 가지가 부러지면
허공이라도 짚으며
기운차게 오늘 치 꿈을 벋는다

공평한 햇볕이 있어
무심한 눈길에도
보란 듯이 등심을 곧추세우고

이파리 깃발 휘저어 동력을 일으키며
푸른 미래를 여는
희망이 그려지는 그 이름
청미래덩굴

밑줄 친 어떤 날

오래전 걸음을 잃어버린 시어머니를
요양원으로 모시고 나와
짠 줄 모르고 불은 국밥으로
채운 공복

정오에 친구 딸 결혼식에 가서
가락에 맞추어 살아야 탈이 없다고
덕담이 되려는지 한마디 건네고
잔치국수 한 그릇 후루룩

저녁 어스름에 단톡 창에 뜬 놀람
소꿉친구 그 꽃이 꺾였다니
밤새 사자와 건너온 청춘을 훌쩍이다가
뜨거운 라면 국물로 구멍 난 속을 메우고

회색 별천지

피로감에 어지럼증을 얹으며
넌지시 안색을 떠 보던 병증이
병원 혈압계 눈금 계단을 성큼 올라간다
약 두 알 처방이다
정수리에서 별이 번쩍
먹고 있는 고지혈증과 위장약을 더하면 다섯 개?
단번에 오성장군으로
특급 승진이다

진급 참 쉽다 거저먹기 낙하산이다
사회에서 별 하나 달려면
파리 흉내에다 기도를 바치고
고생주머니를 땀으로 채워도
하늘의 별 따기인데

손사래 치며 머리를 저어도
굳이 고속 승진을 시켜주는
질병의 계급장에 기가 찬다
꽃집 간판이 구겨지고 화창한 오후가 구름을 덮는다

\>

팔성 장군이라고 그에게

무심코 던지던 말

어정쩡한 웃음 뒤에 그늘이 열 평은 되었겠다

약봉지 뜯으며 그늘을 끌고 다녔겠다

오늘 우리 집 천장에 별이 열세 개 떴다

회색 별천지다

오답과 반어

외출에서 돌아온 남편이
안방으로 들어서려다
왕방울 눈에 자라목이 되었다

발 디딜 틈 없이 너저분한 옷가지들
바닥을 기는 뱀 허물 같은 스타킹에
젖은 수건을 덮어쓴 화장대
잠시 좀도둑을 의심했다

무엇이든 네모반듯해야 안심인 아내는
비뚤어진 꼴에는
남의 일에도 두 팔을 걷어붙이는데
무엇이 일상의 변이를 꾀하는가

나이는 숫자일 뿐이라는 말은 오답
살아온 숫자대로 늙는 것이 아니더라도
자신도 모르게 나이가 행동으로 나타나므로

젊어졌다는 말은 반어
성의껏 인사치레나

비교적 늙어 보이니 자신을 좀 돌보라고
에둘러서 전하는 위로쯤 될 거라는
생각에 이르러

세상만사 다 속여도
못 속일 것이 나이라는 말이
귓등을 내려와 가슴으로 들어온다

아내는 요즘
제대한 군인처럼 소총 단총 모두 내려놓고
실컷 풀어져 있는 것이 아니라 자연스레
제 나이를 보일 뿐이다

가을 오후

낮게 깔린 먹구름을 이고 터덜터덜
풍물 시장으로 감긴다

별러서 강화대교를 건너왔다는 뿌연 사람들
인이 박인 고향 냄새 하나둘 다가와
흐린 너울을 벗겨 주면서
에누리와 덤으로 시끌벅적해 가는 장터

선수포구에 상륙하자마자 실려 왔다는
꽃게들 심술 난 발질에
어물전이 달싹달싹
통잠 자는 밴댕이를 건드리면
외포항에 데려다 놓으라고 소가지를 낼 것 같다

호박골 할머니는
발그레한 햇땅콩과 햇수수
머루와 고욤 몇 사발로 좌판을 열고

번철에서 지글거리며 돌아눕는 수수부꾸미
뻥튀기는 엿물을 끌어안고 강정으로 변신 중

순무 김치를 버무리는 손놀림은 기계 같아

활기가 스프링클러 물줄기처럼 장마당으로 분사된다

그새 심상은 개어
내던지고 나온 빨랫감이 얼씬거리고
시장기가 도는데
생태 두어 마리 들고 가서
얼큰 매운탕이나 한 냄비 끓여야겠다

활화산

어둠에 갇혀 버린 어머니의 두 눈
기도를 쏟아붓고 안약으로 비벼도
안개주의보 걷힐 날 없이
뜨나 감으나 막연해

눈을 점령한 어둠을 다져 버릴 듯
눈꺼풀로 잔 칼질을 멈추지 못하던 날들이다

빛을 잡아채지 못하는 눈을
화내고 탓하고 애원하며
뭉툭한 더듬이로 짚어 간 저 안쪽

의심 가고 편집되는 눈 밖의 일이
눈 안으로 족족 흘러들어
예고 없이 벌컥 분기를 토하는 화산을
품게 되었다

방금도 끓어오른 용암이
방을 나와 마당으로 넘치고
걷잡을 수 없게 마을 안길을 덮었다

\>

한바탕 솟구치던 마그마가 겨우 멈추고
화를 분출한 분화구는 한층 우묵하고
화산재로 안팎이 뿌연데

아무렴 내가 그랬을까
거짓부렁 마라 우기는 어머니는
생판 딴사람

무시로 울컥대는 이 용암은
뜨겁고도 뜨거워서
멀리서 떠올리기만 해도
가슴으로 눈으로 열기가 들이친다

함박꽃의 지문

함박꽃같이 수더분한 미스 리가
우리 회사에 입사했다

십여 년을 사무용 책상 잇대고 앉아
고운 마음결과 소박한 향기에
눈과 책처럼 읽고 읽히며
동료애를 탑처럼 쌓아 올리는데

안개 자욱한 어느 아침에
스물여덟 꽃송이 매단 함박꽃나무는
급성 불치병에 포로가 되어
은하수를 건너갔다

안마당을 콘크리트 포장하던 날
애완견이 찍어 놓은 발자국처럼
함박꽃은 내 안뜰에
제 지문을 선명하게 찍어 놓았다

장대비 쏟아져
강아지 발자국에 흙먼지 씻기면

오목한 잠 속 메리가
빗속을 달려와 품에 안기듯

전자 업무 부치거나
이면지 필체 마주하면 함박꽃은
흐른 시간 걷어 내고
또렷하게 향기롭다

위대한 걸음들

언 강을 걷는다
얼음의 안색을 살피면서
취객처럼 펄럭이며
얼음장 터질 때면 확신에 금이 가도
뚝딱이는 가슴을 진정시키며 걸어간다

유리처럼 반질거리는 얼음판은
시련의 구간을 감추고 매끈함을 부각하며
가볼 만하다고 어깨를 툭툭 치는데

얼음을 제법 지치다가 벌렁 나자빠졌다
몸 일으키며 언뜻
얼음판 걷기가
일백 킬로미터쯤 되는 언 강을 건너는
인생행로에 비유된다

뒤뚱거리고 고꾸라지면서
자세를 수습하며 품은 무지개를 꺼내 보며
언 강 걷기를 멈추지 못하는
아니 멈출 수 없는

여행자가 아닐까 하는

미끄럽다는 보편적 이유만으로
중단할 수 없는 이 걷기는
끊임없이 이어 온 의무이고
줄기차게 이어 갈 사명이다

웃음 한 줌이면 실망이 한 줌이라 해도
눈물 콧물 소매 속으로 밀어 넣으며
기어이 주어진 지점을 향해 나아가는
부단한 걸음들

얼마나 위대한지도 모르면서
순탄하지 않은 언 강을
너풀거리며 건너는
저마다의 행보가 눈물겹다

꽃과 열매의 시간을 위하여

차성환(시인, 한양대 겸임교수)

송병옥 시인이 바라보는 시적 대상은 우리 주변에서 볼 수 있는 소소한 사물들이다. 그는 일상의 평범한 사물들이 빛을 발하며 현현하는 순간을 포착한다. 그 사물이 우리의 눈앞에 오기까지 얼마나 지난한 시간을 건너왔는지를 찬찬히 더듬고 아픔에 공명한다. 사물에 대한 섬세한 관찰과 귀 기울임은 시인의 큰 미덕이다. 스스로 고립을 자처하고 단절된 채 타인에 대한 공감을 잃어 가는 이 시대에 송병옥 시인은 따듯한 마음으로 연결된 세상을 꿈꾼다. 그의 시는 궁극적으로 인간과 자연이 함께 어우러져 서로의 존재를 보듬는 세상에 대한 꿈에서 비롯된다.

새벽빛 밀며

삼거리 종묘 가게로 나온
성냥개비 같은 모종들
도톰해져 가는 봄볕 속에서 날마다 두근거렸다

어느 눈길을 당겨
어떤 토양에서 자신을 켜려는지
햇살도 연초록 순으로 흔들렸는데

차츰 뒤로 물러난 고추 모종 두 판
한달음에 달려가 너른 벌판을
붉게 채색하려던 부푼 기대가
맨 뒷줄에서 이울고 있다

칠월 가운데면 생을
뜨겁게 달굴 때라는 의무적 본능이
모종판 비비적거려 급한 대로
무녀리를 조산해 놓았나

잔뜩 꼬부린 채 매달려 있는
큰 그림의 쪼개진 조각들
약 오른 속심이 옮아와서
바라보는 마음마저 맵다

적당한 때를 놓치고

긴긴 해에 초연히 기울고 있는 간절함이

종묘상 앞을 지나는 걸음을 붙든다

—「시기가 있다」 전문

　새벽 이른 시간에 삼거리에 있는 종묘 가게가 문을 열었나 보다. 시적 화자는 "성냥개비 같은 모종들"을 보고 쉽사리 지나치지 못한다. 아마도 자주 다니는 길목이었고 "모종들"을 볼 때마다 "봄볕 속에서 날마다 두근거렸"을 그 마음을 생각하느라 발걸음이 늦춰지는 곳이었을 테다. "차츰 뒤로 물러난 고추 모종 두 판"을 눈치챌 정도로 "모종들"의 배치가 어떻게 달라졌는지 훤히 알고 있는 상태이다. "종묘 가게"의 "모종들"은 사람들의 "눈길을 당겨"어서 빨리 자신이 좋은 "토양"에 심기고 무럭무럭 자라나기를 바랐을 것이다. 하지만 "고추 모종"은 인기가 없는 모양인지 "칠월"이 되도록 팔리지 않고 "종묘 가게"의 "맨 뒷줄에서 이울고 있"는 뒷방 신세가 된다. "고추 모종"은 지금이 "생을/ 뜨겁게 달굴 때"이고 "한달음에 달려가 너른 벌판을/ 붉게 채색하"고 싶지만 현실은 그렇지 못하다. 답답한 마음에 "모종판 비비적거려 급한 대로/ 무녀리를 조산해 놓"는 실정이다. "고추 모종"이 "너른 벌판"에서 펼치고 싶었던 "큰 그림"의 꿈은 요원하다. 그 꿈의 "쪼개진 조각들"에 "고추 모종"은 얼마나 속상하고 약이 오를까. "바라보는 마음마저" 매울 정도이니 말이다. "고추 모종"은 자신이 "생"을 피울 수 있는 "적당한 때를 놓"쳤다. 이러한 일이 "고추 모종"에게만 있는 일일까. 우리에게도 삶의 길목마다 "적당한 때"라는 것이 있다. 희로애락으로 점철된 인생에는 미래를 꿈꾸는 시간과 그것을 준비하고 실행하는 시간, 생애의 긴 노력 끝에 결과물을 손에 받아 보는 시간이 있다. "고추 모종"이 파종 시기에 맞게 심기고 자라고 고추라는 열매를 맺듯이, 자연이 정한 그 "적당한 때"를 맞추는 것이 우리가 잘 살아가는 일일 것이다. 그래서 시인은 이 시의 제목처럼 우리 인생에는 어떤 '시기가 있다'고 말하는 것이 아닐까. 우리에게 가장 중요한 한 시기가 있다면, 그 "때"는 언제일까.

　　가지치기하거나 솎아베기한 나무를 모아
　　모닥불을 피운다

　　일어날 듯 피어날 듯 주저앉는 불씨
　　고뇌 같은 연기 무럭무럭 치민다

　　자욱하게 뒤끓는 칼칼한 맛에
　　아릿한 시야, 쿨룩대는 목구멍
　　부지깽이로 들쑤시고 입김을 내뿜고
　　빗자루 바람을 일으키고 불쏘시개를 주고

　　갖은 수고를 거친 뒤에야
　　뭉친 힘 풀썩 일어나면서

활활 불이 꽃을 피운다

불이 춤을 춘다, 클라이맥스
뜨겁던 날의 열정처럼
기운차게 타오르는 불꽃

품은 씨앗을 꽃으로 일으키기까지
거저 이루어지는 성취가 있을까
애써서 피우지 못할 꽃은 있을까

—「모닥불을 피우다가」 전문

　시적 화자는 "모닥불"을 피우려고 "가지치기하거나 솎아베기한 나무"를 모아 온다. 이들은 나무의 본체를 건강하게 잘 유지시키기 위해 잘려 나가거나 버려진 부분일 것이다. 나무의 생육을 돕기 위해 쳐 낸 곁가지와 주변 나무의 성장을 방해하는 불필요한 나무는 쓸모를 다해 버려진, 소외된 존재들을 의미한다. 이들은 모닥불의 땔감으로 사용되니 그 쓸모가 헛되지는 않겠지만 자신들의 생生이 쓸쓸하기 그지없을 것이다. 그렇기에 "일어날 듯 피어날 듯 주저앉는 불씨" 사이로 "고뇌 같은 연기"만 뿜어 나오는 것이다. 이들을 추슬러서 불을 피우는 일은 쉬운 일이 아니다. "아릿한 시야, 쿨룩대는 목구멍"을 참으며 "갖은 수고"를 해야지만 겨우 "활활 불이 꽃을 피"울 수 있다. '나'는 "모닥불"을 바라보며 이들이 땔감으로 사용되기 전, 나무의 뿌리에 붙어 있을 때 누렸을 청춘의 "뜨겁던 날의 열정"을 떠올려 본다. 생의 마지막에서 "기운차게 타오르는 불꽃"으로 스스로 자기 존재를 증명하고 있는 것이다. "가지치기하거나 솎아베기한 나무"가 "모닥불"의 땔감이 되는 일도, 그 땔감으로 "모닥불"을 피우기 위해 "갖은 수고"를 다하는 일도 그냥 이루어지는 일은 없다. "품은 씨앗을 꽃으로 일으키"는 것처럼 세상의 모든 생명은 그 생의 간절함으로 "꽃"을 피워 내는 것이다. "나무"에 매달린 "꽃"이든, "모닥불"에서 활활 타오르는 "불꽃"이 되든 우리는 모두 "꽃"을 향해 간다. "꽃"이 그러하듯이, 세상의 뭇 생명은 자기 존재의 씨앗이 스스로 꽃을 피우는 '때'를 향해 온몸으로 생을 견디는 것이다. 그렇다면 시「시기가 있다」에서 말하는 그 '시기'는 바로 존재가 성숙의 과정을 통해 온전히 꽃을 피우는 때를 말하는 것이 아닐까. 존재는 이때 본인도 주체할 수 없이 세계를 향하여 온몸을 개방하고 생의 극점, "클라이맥스"에 도달한다. 꽃의 시간이다. 그리고 꽃의 시간이 놀라운 것은 그 이후에 '열매'라는 새로운 존재의 탄생을 꿈꾸기 때문이다.

　　교동 달우물 과수원에서
　　날마다 열리는 사열식
　　사과나무는 허리 굽힌 채 농부에게 절하고
　　농부는 나무들 올려다보며 거수경례를 한다

꽃이 과실로 나기는

천하제일의 예술가가

평생을 고심해도

모양이나 판박이로 빚고 그릴 터

사과나무 가지 위에 올라앉은

한 송이 여린 꽃이

한 알의 붉은 사과이기까지

벌 나비 춤사위와

해의 빛 푸새, 별의 자장가

젖줄 물려 준 이따금 단비

볼 붉힌 매미의 연가, 귀뚜라미의 비가

길이 닳도록 오고 간 농부의 마음 길

자취 없이 다녀간 사명들까지

한 알 한 알의 저 붉은 사과는

자연과 농부의 열연에

심오한 천지의 섭리를 더한

종합예술 작품이다

　　　　　―「한 송이 꽃이 한 알의 붉은 사과이기까지」 전문

여기 "교동 달우물"에 있는 "사과나무" "과수원"의 풍경이 펼쳐져 있다. 이곳은 "날마다" 모든 존재가 부지런하다. "사과나무는 허리 굽힌 채 농부에게 절하고/ 농부는 나무들 올려다보며 거수경례를 한다". 아마도 "사과나무"에 매달린 열매의 씨알이 굵어지면서 가지가 대지 쪽으로 구부러지는 것을 "사과나무"가 농부에게 절을 한다고 표현했을 것이다. 또 그런 "사과나무"의 열매가 잘 익었는지 벌레는 먹지 않았는지, "농부"가 내리쬐는 햇빛을 손으로 막고 열매를 자세히 들여다보는 모습을 "거수경례를 한다"고 묘사했을 것이다. 이 재밌는 장면은 "사과나무"와 "농부"가 서로에게 예의를 갖추고 정성을 다한다는 인상을 준다. "사과나무" 가지에 "꽃"이 떨어지고 "과실"이 맺히는 것은 저절로 이루어지는 일이 아니다. 시인은 "한 송이 여린 꽃이/ 한 알의 붉은 사과"가 되기까지의 시간을 찬찬히 들여다본다. "꽃"이 개화하는 일도 쉬운 일이 아닌데 "꽃"이 떨어지고 그 자리에 "사과"가 맺히고 자라는 일이라니! 그것은 "사과나무" 혼자의 일이 아니다. "벌 나비 춤사위"가 있어야 하고 "해의 빛 푸새, 별의 자장가", "사과나무"에게 "젖줄 물려 준 이따금" 내리는 "단비"가 있어야 한다. 그뿐인가. 한여름의 "볼 붉힌 매미의 연가"와 가을날 "귀뚜라미의 비가"가 필요하다. 그리고 "길이 닳도록 오고 간 농부의 마음"을 말하지 않을 수 없다. 그렇게 "한 알 한 알" 익어 간 "붉은 사과"는 "자연과 농부의 열연에/ 심오한 천지의 섭리를 더한" 가운데 이루어지는, 기적과 같이 놀라운 "종합 예술 작품"인 것이다. 모든 존재는 결코 당연하지 않다. "꽃"에서 "붉은 사과"로 가는 시간은 온통 보이지 않는 사랑으로 채워져 있다. 그렇게 송병옥 시인은 뭇 생명이 생육하고 번성하는 모든 일이 바로 사랑의 일이라는 것을 깨닫는다. 인간과 자연이 어우러져서 "사과나무"를 돌보는 일이 사랑이 아니고 무엇이겠는가. "길이 닳도록 오고 간 농부의 마음"이 곧 시인의 마음일 것이다. 그 "마음"이 꽃을 피우고 "붉은 사과"를 키우며 아름다운 시詩를 낳는다.

　　송병옥 시인은 세상의 소외된 사물을 따뜻한 시선으로 바라본다. 현대사회는 시 「한 송이 꽃이 한 알의 붉은 사과이기까지」에서 볼 수 있는 인간과 자연이 만들어 내는 사랑의 합주를 외면하고 자본의 논리에 따라 온갖 착취와 개발에만 몰두 중이다. 시인은 지금 시대에 대해 "쓰레기 산 키우기"를 경쟁적으로 벌이고 있는 "인간이 역사상 가장 치명적인 동물"(「허세들이 키우는 산」)이라고 진단한다. 그의 기억 속에 자리한 "개망초"와 "산들바람" "원두막" "장죽을 문 할아버지 미소"는 이제 "문명의 비질에 쓸릴 예정이라고/ 개발이라는 썰물에 가뭇없이/ 떠밀려 사라진다고"(「시간 끝에 매달린 그림들」) 안타까워한다. 또한 사람보다 차가 우선인 아이러니한 상황 속에서 고통받는 소외된 사람들을 바라본다. "공영 주차장"을 짓기 위해서 "굴착기"로 "골목길 한쪽"을 무너뜨리자 "감색대문집 구봉이네와 홀몸 할머니/ 폐지를 모으던 김 씨 그리고 선한 이웃들은/ 된바람에 종잇조각 날리듯 흩어졌다"(「차가 우선이다」). 우리 주변에서 버젓이 벌어지는 일들이지만 우리는 그들의 고통을 쉽게 외면하고 만다. 그렇지만 송병옥 시인은 이 연약하고 소외된 존재들을 "길이 닳도록 오고 간 농부의 마음"(『한 송이 꽃이 한 알의 붉은 사과이기까지』)으로 바라본다. 그리고 그들에게 보내는 따뜻한 시선과 마음이 곧 사랑의 실천이다.

햇살이 막 핀 슬레이트 지붕 아래
안팎으로 도배된 고요
티브이 볼륨으로 적막을 내쫓던 할머니가
방문 밖 인기척과 도시락 가방 거둬들인다
긴 밤 수탉 울음을 환청으로 들었는데
도시락을 여니 입맛이 살아나
혼잣말 중얼중얼 풀려 나온다
여름내 비가 질금거렸건만
아이들 목청 같은 푸성귀에
반드르르한 밥
얼굴 거뭇할 농부와 어부에게 고생했시다
첫새벽부터 정성을 꾸린 손길들
온기 품고 달려온 봉사자에게
무한히 고맙시다
밥 한술 뜰 때마다 수저에 올라앉는
방그레 웃는 얼굴들
따끈한 숭늉처럼 몸을 덥히는 인정이
슬몃슬몃 온기를 발산하여

할머니 몸속 보일러를 돌린다

집 안의 눈금들이 따뜻한 쪽으로 옮겨 가고 있다

　　　　　　　—「온정으로 도는 보일러」 전문

시의 첫 구절 "햇살이 막 핀 슬레이트 지붕"이란 표현에서
보듯이, 시인은 "할머니"가 사는 집이 지붕마저 변변치 않은
가난한 살림이지만 그 "슬레이트 지붕" 위에 "햇살"이 내려앉
은 모습을 묘사함으로써 독자에게 따듯한 느낌을 전해 준다.
좋은 묘사이고 좋은 출발이다. 집 "안팎으로 도배된 고요" 속
에서 "티브이 볼륨"만 들리는 것이 혼자 사는 "할머니"의 유
일한 친구는 "티브이"인 듯하다. 갑자기 "방문 밖 인기척"을
느끼자 "할머니"는 밖으로 나가 "도시락 가방"을 가지고 들어
온다. 독거 노인에게 "도시락"을 전달하기 위해 자원 "봉사
자"가 두고 간 것이다. "할머니"는 "도시락"을 먹으면서 지금
의 식사를 가능하게 한 "농부와 어부에게", 그리고 "첫새벽부
터" "도시락"을 준비하느라 고생했을 "봉사자"에게 고마운 마
음을 "혼잣말"로 표현한다. 마치 "밥 한술 뜰 때마다" 그들의
"방그레 웃는 얼굴들"이 보이는 것 같기 때문이다. "도시락"
하나에 들어간 그들의 노고와 "인정"이 "할머니 몸속 보일러"
를 가동시키고 "집 안"을 따듯하고 훈훈한 "온기"로 가득 차
게 만드는 것이다. 어떻게 보면 "할머니"는 그들이 돌보는
"사과나무"(「한 송이 꽃이 한 알의 붉은 사과이기까지」)일 것이다. 그
리고 "할머니"가 "긴 밤" "환청으로" 들은 "수탉 울음"은 "할
머니"가 기억 속에 간직한 일종의 행복의 신호였을까. "수탉

울음"은 지금 "할머니"가 사는 도시에서는 들을 수 없는 소리이다. 아마도 "수탉 울음"은 "할머니"에게 시골 고향에서의 행복한 기억을 불러오는 소리였을 것이다. 그 "수탉 울음"이 "도시락"을 불러오고 "도시락"과 함께 "농부와 어부", "봉사자"들의 "방그레 웃는 얼굴들"을 떠오르게 한다. "할머니"는 자연과 인간이 함께 어우러진 그 고향의 시간을 상상하면서 "도시락"을 먹었을 것이다. 그렇다면 자연과 인간이 공존하는 시간을 회복시킬 수는 없을까. 송병옥 시인은 모든 사물이 소외되지 않고 함께 어우러지고 서로를 돌보는 고향의 시간을 꿈꾼다. 그가 궁극적으로 바라는 존재의 시간은 시 「그 여름날의 흑백 영상」에서 찾아볼 수 있다.

바람마저 그늘로 숨으면
등에 발긋발긋이 뭇별이 돋아
풀 지게 내려놓자마자
두레박 목물을 재촉하는 아버지

짚가리 위 벌렁 누운 조롱박이나
물꼬로 나앉은 개구리는
한낮이 마냥 졸음 겹고
새벽부터 일한 늙은 소는 한잠 자 둬야지

소나기 퍼붓듯 매미 합창에

열대야는 뭉그적거리고
방학은 달음박질치고

노을 조명이 마당귀 비추면
밀거적에 차려지는 어머니 밥상
시쿰한 열무김치와 강된장 호박잎쌈에
하루살이 날갯짓 까뭇까뭇 튄 꽁보리밥도 성찬

땡볕에 그은 얼굴들
웃음기 잇대고 둘러앉아
평온한 저녁 어스름 속으로 스며들지
                                —「그 여름날의 흑백 영상」 전문

　위의 시에서 그리고 있는 고향의 풍경은 인간과 자연이 아
름다운 조화를 이루고 있다. "아버지"가 "풀 지게" 일을 할 때
"조롱박"과 "개구리" "늙은 소" "매미"도 각자 자기의 일을 한
다. 하루의 일과를 마치고 "어머니 밥상"에 모인 가족은 얼마
나 행복할까. "밥상" 위에 올라온 "시쿰한 열무김치와 강된장
호박잎쌈에/ 하루살이 날갯짓 까뭇까뭇 튄 꽁보리밥"도 모
두 각자의 일을 열심히 한 결과 잘 자라서 이곳에 온 것이다.
시 「시기가 있다」에서 "뜨겁게 달굴 때"를 놓치고 "차츰 뒤로
물러난 고추 모종 두 판"이 궁극적으로 꿈꾸던 자리도 여기
온 가족과 음식과 사물이 함께 어우러진 이 "어머니 밥상" 위

가 아닐까. 소박하지만 흥겹고 정겨운 고향집의 풍경이다.

봄바람이 궁금해서 둑길에 어린 쑥이

맨 먼저 고개를 쏙 내밀었네요

쑥버무리로 한 시루 쪄서

떡 방앗간 나와 봄볕 속을 달려

집에 오는 길이 오다 서다 분주했지요

밭 가는 지인과 단골 자전거포와

모종 가게엔 두 덩이씩 건네고

동네에 와서는 아래윗집과 홀로 할머니

그리고 노인정에는 수북하게 한 쟁반

봄맛 전하고 받은 정담을

봄볕과 버무려 시루에 안치면

봄 버무리떡 서너 시루는 될 것 같아요

남은 떡 몇 덩이 앞에 놓고

바라만 보아도 마음 그득한

이 화창한 봄날의 포만감

—「사월」 전문

"봄바람"에 "어린 쑥"이 나오자 그 "쑥"을 캐서 "떡 방앗간"
에 "봄 버무리떡"을 "한 시루"를 찐다. 분명 "한 시루"를 쪘는
데 "집에 오는 길"에 "밭 가는 지인과 단골 자전거포와/ 모종
가게", "아래윗집과 홀로 할머니/ 그리고 노인정"에 "쑥"으로

만든 "봄 버무리떡"을 나눠 주고 나니 오히려 그들에게 "봄맛 전하고 받은 정담"에 "마음"에 "화창한 봄날의 포만감"이 "서 너 시루"는 되는 듯하다. "봄날"의 "쑥"은 "떡"이 되고 사람들과 나누는 과정에서 단순한 물질/식물에 머무는 것이 아니라 사람들의 "마음"을 북돋고 "봄날"을 더 행복하게 만드는 정신적인 가치를 가진 존재로 형질 변환을 이룬다. 이 시에서 외로운 이는 없다. 외로운 사물도 없다. 나눔이라는 것이 이렇게 기쁘고 즐거운 일이라니.

송병옥 시인은 시 「내가 세상에 온 이유」에서 "우리가 세상에 온 이유가/ 행복하기 위한/ 행복해야만 되는/ 단 하나의 의무뿐이라는 헤르만 헤세"의 말을 인용하면서 "내가 세상에 온 까닭은/ 천체를 통틀어 가장 귀하고 끈끈한/ 혈연으로 짜인 줄을/ 소중히 여기며/ 더불어 안녕을 가꾸기 위함이라고" 말한다. 이는 시인으로서 자신의 사명을 넌지시 고백한 것이다. 우리는 행복해야 한다. 그리고 그 행복을 위해서는 세상에 '나' 혼자만이 놓인 것이 아니라는 것을 깨달아야 한다. 천체에 놓인 삼라만상의 모든 사물은 태초부터 이 '혈연'으로 연결되어 있는 것이 아닐까. 우리 주변에 소외된 자연과 사물과 인간을 '혈연'처럼 아끼고 돌볼 때 우리는 행복해질 것이다. 그렇게 시인의 마음은 "사과나무"를 위해 "길이 닳도록 오고 간 농부의 마음"(「한 송이 꽃이 한 알의 붉은 사과이기까지」)과 닮아 있다. 이제 꽃이 피고 또 꽃이 진 자리에 열매가 맺히는 일이 사랑의 마음에서 비롯되었다는 것을 알겠다. 시집 『산이 자라다』에는 인간과 자연이 함께 조화롭게 어우러진 꽃과 열매의 시간이 담겨 있다. 누구라도 이 시집을 펼친다면 행간마다 그가 일군 사랑의 텃밭에 오래도록 머물 것이다.

천년의시인선